Chers amis rongeurs,
bienvenue dans le monde de

Geronimo Stilton

1
2
3
4
5
6
7
11
12
13
14
15
21
22
23
24
25
26
27
28
29
30

LA RÉDACTION DE *L'ÉCHO DU RONGEUR*

1. Clarinda Tranchette
2. Sucrette Fromagette
3. Sourine Rongeard
4. Soja Souriong
5. Quesita de la Pampa
6. Chocorat Mulot
7. Sourisia Souriette
8. Patty Pattychat
9. Pina Souronde
10. Honoré Tourneboulé
11. Val Kashmir
12. Traquenard Stilton
13. Dolly Filratty
14. Zap Fougasse
15. Margarita Gingermouse
16. Mini Tao
17. Baby Tao
18. Gogo Go
19. Ralph des Charpes
20. Tea Stilton
21. Coquillette Radar
22. Geronimo Stilton
23. Pinky Pick
24. Yaya Kashmir
25. Sourina Sha Sha
26. Benjamin Stilton
27. Sourinaute Sourceau
28. Souvnie Sourceau
29. Sourisette Von Draken
30. Chantilly Kashmir
31. Blasco Tabasco
32. Souphie Saccharine
33. Raphaël Rafondu
34. Larry Keys
35. Mac Mouse

Texte de Geronimo Stilton
Illustrations de Larry Keys
Maquette de Merenguita Gingermouse
Traduction de Titi Plumederat

www.geronimostilton.com

Pour l'édition originale :
© 2000 Edizioni Piemme S.P.A. Via del Carmine, 5 – 15033 Casale Monferrato (AL) – Italie
sous le titre *L' amore è come il formaggio...*
Pour l'édition française :
© 2004 Albin Michel Jeunesse – 22, rue Huyghens – 75014 Paris – www.albin-michel.fr
Loi 49 956 du 16 juillet 1949 sur les publications destinées à la jeunesse
Dépôt légal : second semestre 2004
N° d'édition : 13 006
ISBN : 2 226 15015 3
Imprimé en France par l'imprimerie Clerc à Saint-Amand-Montrond

Geronimo Stilton

L'AMOUR, C'EST COMME LE FROMAGE...

ALBIN MICHEL JEUNESSE

Geronimo Stilton
Souris intellectuelle,
directeur de *L'Écho du rongeur*

Téa Stilton
Sportive et dynamique,
envoyée spéciale de *L'Écho du rongeur*

Traquenard Stilton
Insupportable et farceur,
cousin de Geronimo

Benjamin Stilton
Tendre et affectueux,
neveu de Geronimo

Je tiens à mes moustaches, moi !

Ce matin-là, j'étais bien tranquille dans mon bureau, en train de travailler…
Oui, mon bureau, vous savez où il se trouve, n'est-ce pas ?…
Quoiii ? vous ne savez pas ? vraiment ???
Bon, je vais vous expliquer.
Mon bureau est situé 13, rue des Raviolis, à Sourisia, la ville des Souris !
Je suis directeur de *l'Écho du rongeur*, le quotidien le plus lu de l'île des Souris.
Bon, maintenant, ça y est, vous avez sûrement deviné qui je suis…

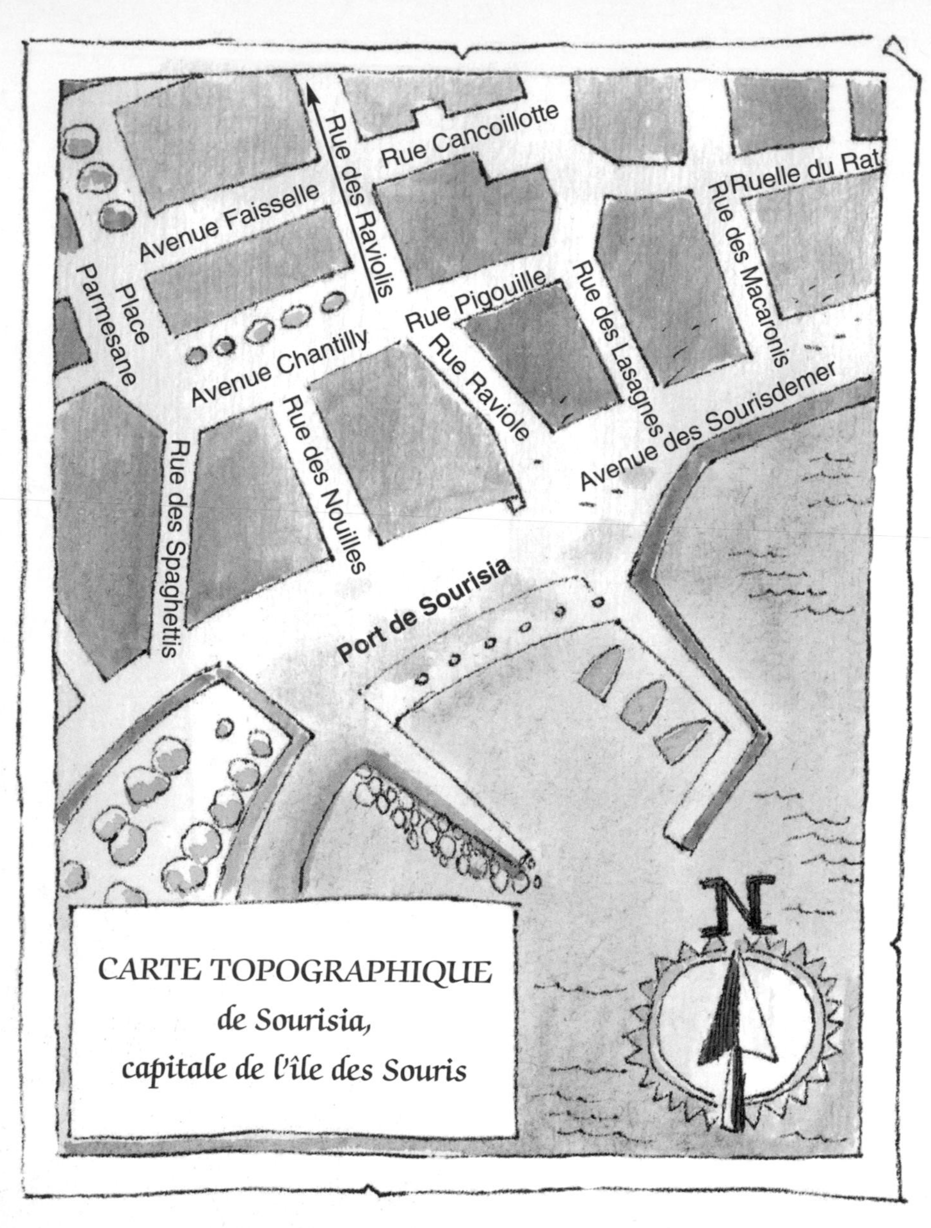

Mon bureau est situé 13, rue des Raviolis…

Mais si enfin, vous savez bien, je suis Stilton, *Geronimo Stilton !*

Je vous disais donc que j'étais bien tranquille dans mon bureau, en train de travailler, quand la porte s'ouvrit en grand… livrant passage à ma sœur Téa, envoyée spéciale de *l'Écho du rongeur*.

– Geronimo ! couina-t-elle. Je te trouve un peu pâlichon !

Je marmonnai :

– C'est normal que je sois pâlichon,

Elle s'approcha de moi et me dévisagea en murmurant :

– Je veux dire que tu es pâle, très pâle, d'une pâleur… *maladive*, oui !

Je soupirai et désignai de la PATTE une montagne de dossiers empilés sur mon bureau.

– Téa, ça t'ennuierait beaucoup de me laisser travailler ? Je suis très occupé ! Regarde un peu tous ces manuscrits qu'il me reste à lire !

Téa s'approcha encore et m'examina, puis marmotta d'un air tragique :
– Hummm... je me fais beaucoup, beaucoup de souci pour toi ! Je comprends que tu n'aies pas de *fiancée*, tu es dans un tel état...
Je rétorquai :
– Je te remercie de t'inquiéter pour moi, mais je vais bien, je n'ai jamais été aussi bien ! Et je n'ai absolument pas besoin d'une fiancée !
Soudain, elle m'arracha un poil de moustache.
– AÏIIIIIE ! hurlai-je. Mais que fais-tu ? Je tiens à mes moustaches, moi !

– J'apporte ça tout de suite au laboratoire du professeur Tony Fiant : il va l'analyser. De toute façon, je suis sûre qu'il te faut des vacances. Tiens, pourquoi pas une croisière dans

Et elle sortit.
Je remarquai qu'un catalogue de voyages avec la photo d'un paquebot en couverture dépassait de son sac.
Hummm, bizarre !!!

JE TE TROUVE UN PEU NERVEUX…

Dès qu'elle eut disparu, je poussai un soupir de soulagement. Je me replongeai dans mon manuscrit, quand la porte s'ouvrit de nouveau : cette fois, c'était mon cousin, Traquenard.
– Geronimo ! s'exclama-t-il en me voyant. Mais qu'est-ce qui t'arrive ! Tu as vraiment mauvaise mine ! On dirait un ZOMBIE !
Je restai sans voix.
– Mais qu'est-ce que tu racontes ! Je vais très très bien ! finis-je par dire.
Il secoua la tête, en lissant ses moustaches.
– Non, non, non… tu ne me la feras pas ! Ce bon vieux Traquenard ne se laisse pas avoir comme ça ! Tu vas mal, très mal, et même *très très mal,* mais tu ne veux pas l'avouer à cause de ce *truc,*

eh oui, le sens du **DEVOIR**, et tu préfères crever là, sur ce bureau, en train de lire tes *manusqui*, tes *manusquoi*, enfin, tes *manuscrits*, quoi... Mais est-ce que tu t'es regardé dans un miroir, hein ? Je comprends que tu n'aies pas de fiancée, tu es dans un tel état...

Je soupirai :

– Tu ne vas pas t'y mettre, toi aussi ! Qu'est-ce que vous avez tous avec cette fiancée ? Vous ne voulez pas me ficher la paix ? Je vais bien ! J'ai simplement besoin qu'on me laisse tranquille !

Il secoua la tête et tourna autour de moi, à pas de loup, comme si j'étais atteint de quelques symptômes **ÉTRANGES**.

Puis il murmura :
– J'ai sur moi, par hasard (c'est vraiment le hasard, je te l'assure, parole de rongeur), un dictionnaire médical des *symptaupes*...
Je le corrigeai :
– Les *symptômes*, pas les *symptaupes* !
– C'est ça, les *symptaupes*, les *symptômes*, bref, ce truc, là...
Il sortit un énorme bouquin, qu'il commença à feuilleter (je remarquai qu'un catalogue de voyages avec la photo d'un paquebot en couverture était glissé dans son livre : Bizarre !!!).
– Voyons, voyons, voyons... Pâleur cadavérique, yeux exorbités, moustaches flasques, pelage râpé... (Tout en parlant, il tendit la patte et m'arracha une petite touffe de poils d'oreille) : Tu as vu ça ? Tu as vu comme tu perds tes poils ! Si tu continues, tu finiras chauve !
– Aïïïe ! hurlai-je.

Il reprit :
– À mon avis, tout ça, c'est le STRESS...
Peut-être te sens-tu un peu seul ? Ce qu'il te faudrait, c'est une *fiancée*, crois-moi...
Je protestai :
– Mais qu'est-ce que vous avez tous, aujourd'hui ?
Il secoua la tête, tristement.
– *Nous*, nous n'avons rien, Geronimo. C'est *toi* qui as quelque chose... C'est sûrement une maladie grave, voire très grave... peut-être même **contagieuse !!!**
Et, en disant cela, il fit trois pas en arrière et plaqua un mouchoir sur son museau.
– Excuse-moi, je ne veux pas te vexer, mais c'est pour les *pastilles*...

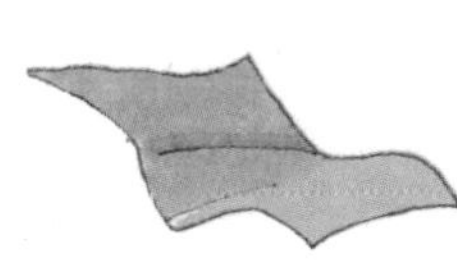

– Les *bacilles* !
– C'est ça, les *pastilles*, les *bacilles*, c'est la même chose... Excuse-moi, mais, à mon avis, tu pourrais avoir quelque chose aux *infestins* ou à l'*estomate*...

– Tu veux dire aux *intestins* ou à l'*estomac* !
Il me regarda de plus près, d'un œil critique.
– Je te trouve bien jaunâtre… J'ai entendu parler d'une maladie du foie qui rend tout jaune, un **appétit**…
Je le corrigeai :
– Tu veux peut-être dire une *hépatite*…
– Voilà, voilà… Tu es toujours là à pinailler, mais ça ne change rien. Pardonne-moi de te le demander, mais as-tu déjà fait ton testament ? Il vaudrait mieux pour tout le monde ici, à *l'Écho du rongeur*, que l'on sache que quelqu'un (moi, par exemple) fera tourner le *truc*, enfin, la baraque, quoi, s'il t'arrivait un malheur…
– Tu sais que tu vas finir par me porter la poisse !
Il ricana sous ses moustaches :
– De toute façon, selon moi, ce qu'il te faudrait, c'est des vacances, pourquoi pas une croisière dans les mers du Sud… et, en tout cas, une *fiancée* !!!

LE PROFESSEUR TONY FIANT

À cet instant, le téléphone sonna. Je décrochai.
– Stilton, *Geronimo Stilton*, bonjour...
– Bonjour, ici le professeur Tony Fiant. Votre sœur Téa m'a apporté un de vos poils de moustache à analyser, elle dit que vous avez un besoin urgent de vous faire soigner. Je vous conseillerais (en accord avec votre sœur) de prendre des vacances sans tarder. Peut-être qu'une croisière dans les MERS DU SUD...
Je hurlai, exaspéré :
– Arrêtez de me parler de vacances ! J'ai du travail !
J'entendis alors la voix assourdie de ma sœur dans le téléphone : « Vous avez vu comme il est **nerveux** ? Je vous l'avais dit, professeur... »

… ça pourrait être une maladie grave…

Traquenard m'arracha le téléphone des pattes.

– Moi aussi, je lui ai dit que c'était grave, mais il ne veut pas me croire...

Puis il posa la patte à demi sur le micro et murmura :

– ... Il a toujours été ZINZIN, mais à ce point-là, jamais... C'est une vraie boule de nerfs, dès le matin... les YEUX TOUT RONDS... le regard halluciné... décharné... la moustache flasque... blanc comme un camembert... pelage râpé... Il faut le soigner à tout prix... même s'il refuse... C'est un cas désespéré... grave... très grave... Il faut l'envoyer à l'hôpital... ou en croisière dans les mers du Sud... là-bas, peut-être, il trouvera une fiancée...

Je tendis l'oreille. Mais qu'avaient-ils donc tous à parler d'une croisière dans les mers du Sud ? Et qu'est-ce que cette *fiancée* venait faire là-dedans ???

Traquenard mit le haut-parleur, et j'entendis le

professeur qui chicotait, d'un ton très professionnel :
– Écoutez, vous filez un mauvais coton. D'après ce qu'on m'a dit, vous pourriez être atteint d'une forme très grave **D'ÉPUISEMENT NERVEUX**, de stress. Peut-être avez-vous des problèmes sentimentaux avec votre fiancée ? En tout cas, pour commencer, je vais vous prescrire une série de piqûres, et puis…
Je criai à pleins poumons dans le téléphone :
– Mais quel épuisement ? Quelle *fiancée* ? Des piqûres ? Mais je vais bien ! Je vais très bien ! Je n'ai jamais été aussi bien ! Tout ce que je veux, c'est qu'on me fiche la paix ! Je n'en peux pluuuuuus !!!
J'entendis le professeur et ma sœur qui chuchotaient dans le téléphone : « Le pauvre, il est *persuadé* d'être en pleine forme… C'est un cas grave, TRÈS GRAVE ! »
Le professeur insista :
– Je vous conseille de prendre des vacances : une croisière sur un paquebot…

Je réfléchis. Hummm, bizarre !!!
Chantilly Kashmir, ma rédactrice en chef, entra à ce moment-là. Elle me regarda d'un air soucieux et me dit tout doucement :
– Monsieur Stilton, votre sœur m'a tout raconté... Je suis vraiment désolée... mais ne vous inquiétez pas, aujourd'hui, la médecine fait des miracles... Je suis sûre que des vacances vous remettront sur patte, une bonne petite croisière sur un paquebot...
Je hurlai, à bout de nerfs :
– Encore cette croisière sur un paquebot ?
ÇA SUFFIIIIIIIT !
Je vais bien ! Très bien ! Comment faut-il vous le dire ?

Chantilly Kashmir

Je remarquai alors que le catalogue de voyages avec la photo d'un paquebot en couverture dépassait de son agenda.
Hummm, bizarre !!!

Traquenard secoua la tête.
– Vous voyez ? On en est là… Il ne se contrôle plus… Mais ne soyez pas inquiète, Chantilly, Geronimo n'est pas contagieux… en tout cas, je *l'espère* !
La porte s'ouvrit et ma sœur Téa fit de nouveau son entrée, suivie d'une infirmière.
Celle-ci déclara, décidée :
– Je suis Hypodermique Piston, alias **Pic**.
Je dois faire une piqûre tonifiante à un certain Geronimo Stilton. Qui est la victime ??? ajouta-t-elle en ricanant.
– C'est lui ! crièrent en chœur Téa et Traquenard en me désignant de la patte.

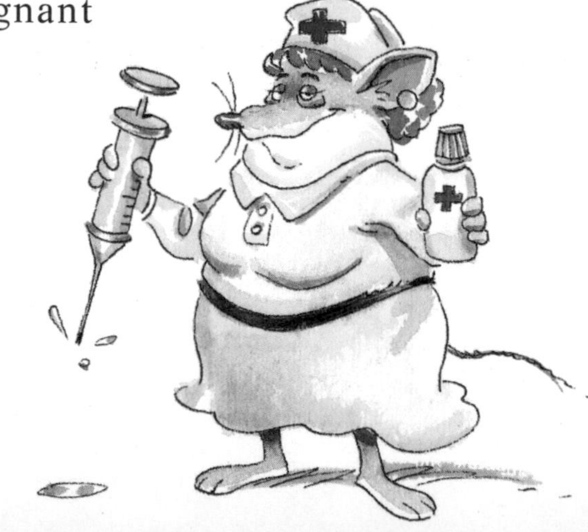

Hypodermique Piston, alias **Pic**

J'AI HORREUR DES PIQÛRES...

Je blêmis. J'ai horreur des piqûres (si vous ne l'aviez pas encore compris, je suis un vrai froussard !).

Je voulus protester :

– Quoi quoi quoi ? Mais je suis en pleine forme !

L'infirmière couina sur un ton brusque :

– Taratata, ils disent tous ça... Allez, ça vous fera du bien, vous vous sentirez tout ragaillardi !

Je criai :

– Pas *ques-ti-on* !

Elle brandit une énorme seringue, fit gicler une GOUTTE de liquide et gronda, les moustaches frémissantes :

– Je suis prête ! Vous ne voulez tout de même pas que je rate la piqûre ! Allez, baissez votre culotte,

je ne vais pas vous faire bobo, trouillard ! Vous n'avez pas honte, à votre âge, de faire tout ce **raffut** pour une petite piqûre de rien du tout ? Allez, gros peureux, après ça, vous allez partir en croisière dans les mers du Sud…

J'en mordis ma queue de rage.

– Je n'ai pas besoin d'être soigné, vous ne voulez pas le comprendre ? Et puis qu'est-ce que c'est que cette histoire de croisière ???

À ce moment entra un *rongeur crâneur* à l'air SOLENNEL. Il portait de petites lunettes à monture dorée, un costume noir et un chapeau haut-de-forme. Il se lissa les moustaches avec importance et murmura :

– Scouittt, je suis maître Contrat Contraton, notaire. Je viens pour le testament…

CONTRAT CONTRATON

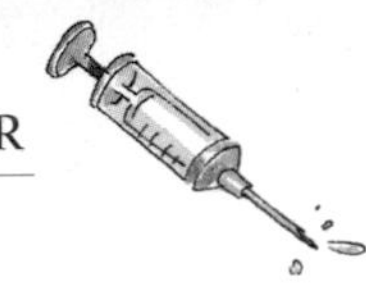

Je hurlai :

– Je ne veux pas faire mon testament, je vais bien, très bien !

Il tenta de me calmer :

– **Ne vous agitez pas** comme ça, vous allez pouvoir profiter de la vie encore un peu (je veux dire : tant que vous ne mourrez pas), je suis au courant pour cette belle croisière dans les

Je criai :

– Scouittt !!! Quelqu'un pourrait-il m'expliquer pourquoi tout le monde me parle de cette croisière dans les mers du Sud ?

Téa et Traquenard se turent, en se lançant un regard entendu.

Hum, **bizarre !!!**

La rédaction de l'Écho du rongeur…

PAR MILLE MOZZARELLA !

Je HURLAI, et mes moustaches en vibrèrent de colère :

– Ça suffit maintenant ! Je dois retourner travailler ! La rédaction m'attend !

La porte s'ouvrit à nouveau, et Benjamin, mon neveu préféré, entra.

– Oncle Geronimo, c'est vrai que tu vas mal, très mal ? Et que, pour guérir, il te faut absolument partir en croisière dans les mers du Sud ?

Il poursuivit, inquiet :

– Oncle Geronimo ! Si tu pars, je t'en supplie, emmène-moi avec toi !

Je le rassurai, en caressant tendrement ses petites oreilles.

– Ne t'inquiète pas, ma petite lichette d'emmental, tout va très bien. Ne t'inquiète pas, tu sais bien que, partout où je vais, je t'emmène avec moi…

Sourisette, ma secrétaire, chicota :

– Monsieur Stilton, voici les billets pour votre croisière. Il y en a quatre, un pour vous et les autres pour votre famille. Ils ont été portés sur votre compte (votre cousin Traquenard a dit que vous étiez d'accord). L'agence de voyages conseille que vous vous dépêchiez, le bateau part dans deux heures ! Oh, vous avez de la chance, monsieur, les mers du Sud sont si merveilleuses…

Je restai comme une souris abasourdie.
– Des billets ? Une croisière ? Un bateau ? Les mers du Sud ? Portés sur mon compte ??? PAR MILLE MOZZARELLA ! Je comprends tout : c'est un complot de ma famille pour m'extorquer des vacances !
Téa fit comme si de rien n'était. Traquenard ricana sous ses moustaches. Benjamin murmura, inquiet :
– Je t'en prie, tonton, partons ! Comme ça, tu guériras ! Je me fais beaucoup de souci pour toi.
Je voulais répéter que j'allais bien, et même très bien, que je n'avais absolument pas besoin de me soigner, mais… j'embrassai Benjamin et soupirai, en souriant :
– D'accord, mon petit chéri, si tu y tiens, nous allons partir !
Deux heures plus tard, nous avions embarqué.

PÂTÉ DE MOZZARELLA EN CROÛTE

Et vogue le navire ! Le paquebot *Couine Elirabeth* s'éloignait du quai sous les hourras de la foule. Une multitude de rongeurs saluait les passagers en partance. Je me tenais sur le pont avec ma famille.

Traquenard saluait ses amis avec de grands gestes.
– Au revoir, Fripouillon ! Salut, Bouillasson ! Ohé, Gueulton ! Houhou, Patacrac !
Téa prenait des photos en rafale.
Benjamin voulut que je le porte dans mes bras, parce qu'il était trop petit et ne dépassait pas le bastingage.
Il se serra très fort contre moi, en murmurant :
– Tonton, je suis tellement ÉMU ! On va passer des vacances fantastiques ! Assourissantes ! Surtout parce que tu es là, mon tonton chéri...

Ce soir-là, nous prîmes place autour d'une table dans la grande salle à manger de gala. J'étudiai le menu :

Soufflé au fromage

*

Pâté de mozzarella en croûte

*

Tartines de gorgonzola frites

*

Maroilles meringué

Je me léchai les moustaches, quel festin !
Mais une cruelle déception m'attendait.
À moi, on apporta sur un plateau : un bouillon de navet, un demi-œuf dur (sans sel) et une feuille (bouillie) de laitue bio, plus un pruneau.
– Mais… mais… je ne peux pas manger comme les autres ? protestai-je, dépité.
Le serveur secoua la tête, avec un petit sourire sadique.
– Votre nom est sur la liste « *La santé à tout prix* ». Ça veut dire : au régime ! Et n'essayez pas

Le menu
« La santé à tout prix »

de vous défiler, vous savez, ici, on vous aura à l'œil (c'est pour votre bien).
Je m'indignai auprès de Téa.
Mais elle fut INÉBRANLABLE :
– Le professeur Tony Fiant a dit que tu devais absolument suivre un régime désintoxiquant. Tu vas voir comme tu te sentiras mieux après. Tu seras une autre souris !
J'essayai de me rebeller, mais en vain.
C'est alors que j'eus une idée…
Sur la pointe des pattes, je m'esquivai et me glissai dans la boutique de souvenirs du paquebot, qui vendait des chocolats, des gâteaux et des sandwichs de toute sorte…

PAS DE FROMAGE POUR GERONIMO STILTON !

Le rat derrière le comptoir me considéra des oreilles à la queue, d'un air SOUPÇONNEUX.

– Hummm, si j'ai bien compris, vous voudriez acheter : des fromages en portions, des biscuits au beaufort, des petits-fours au maroilles, des bonbons au gorgonzola, des chocolats fourrés à la fondue, des bouchons de chèvre confits...

– C'est ça, c'est ça... me hâtai-je de confirmer, en me léchant les moustaches.

Il consulta une liste cachée sous le comptoir.

– Hummm, scouittt, vous vous appelez bien Stilton, n'est-ce pas ? Geronimo Stilton ? Il semble que vous soyez inscrit sur la liste « *La santé à tout*

*Vous devez suivre un régime, vous savez !
C'est pour votre bien !*

prix ». Donc… pas de fromages, ni de petits-fours, ni de bonbons, ni de chocolats, ni de bouchons de chèvre ! Vous devez suivre un régime, vous savez ! C'est pour votre bien ! Mais ne vous inquiétez pas, vous ne céderez pas à la tentation, l'équipage du paquebot vous aidera, tout le monde vous aura à l'œil !

Je m'en allai. Mes moustaches **vibraient** de colère.

vibraient vibraient
vibraient vibraient
vibraient vibraient

UN PUR JUS DE CITRON PRESSÉ !!!

Le lendemain matin, dès six heures, on frappa à ma porte.

– Monsieur Stilton ? Je suis votre entraîneur, **CHRONOMÈTRE SPRINT**. Vous êtes inscrit au programme « *La santé à tout prix* », n'est-ce pas ? Vous devez donc monter sur le pont du navire pour faire votre jogging…

À moitié endormi, je protestai mollement, mais l'entraîneur couina :

– Après le jogging, vous êtes attendu pour un bon sauna **SAUVAGE** (ça sera bouillant, dans les trois cent cinquante degrés), puis vous ferez huit cents longueurs dans la piscine olympique (je tiens à les compter moi-même), et, pendant trois heures, vous soulèverez

Foncez, Stilton, foncez !!!

non-stop des poids et haltères (nous commencerons à 10 kilos pour monter jusqu'à 50, ou plutôt 60, qu'est-ce que je raconte ? je veux dire soixante-dix, enfin quatre-vingts, quatre-vingt-dix, cent même, si vous n'êtes pas crevé avant).

– Après le solide CASSE-CROÛTE de midi (une demi-biscotte avec un pur jus de citron pressé), vous aurez juste le temps d'aller vous présenter au deuxième programme auquel vous êtes inscrit… À vos marques, Stilton, prêt ? partez ! Foncez, Stilton,

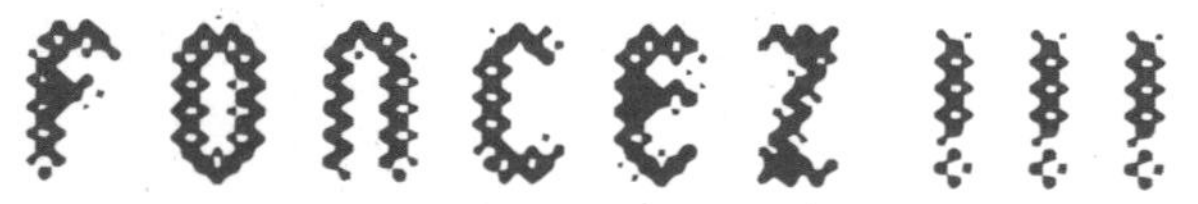

Perplexe, je demandai :

– Excusez-moi, je ne comprends pas. C'est quoi, le deuxième programme ?

– Oh, vous allez voir, vous allez voir ! dit-il en me faisant un clin d'œil.

J'aurais voulu lui demander d'autres précisions, mais il ne m'en laissa pas le temps.

C'EST TOI, MON ÂME SŒUR ?

À midi, j'étais affamé. Ou plutôt, je mourais de faim !

Je ne fis qu'une bouchée (**CROUCH CROUCH**) de la demi-biscotte et avalai d'un trait le citron pressé (**POUAH !**).

Rattarelle Sucrerat

Je cherchai une chaise longue pour m'étendre tranquillement au soleil quand…

… quand quelqu'un me corna dans les oreilles :

– **YOU-HOUUUUUUUUUU !!!**

Je sursautai.

La demoiselle qui venait de pousser ce cri portait un chapeau de paille rose à large bord, des lunettes de soleil roses incrustées de strass, une robe très ROMANTIQUE en dentelle rose et une quantité ahurissante de bijoux ruineux.
Elle tenait à la patte un PANIER d'osier garni de fleurs. Elle secoua un bouquet de violettes sous mon museau, ce qui me fit ÉTERNUER. Je suis allergique aux violettes !
– Oh, mais je vous reconnais ! Vous êtes Stilton, Geronimo Stilton ! La célèbre souris éditeur ! dit-elle en minaudant.
Je répondis, méfiant :
– Euh, eh bien, oui, en effet, je suis Stilton, *Geronimo Stilton*...
Elle agita de nouveau les violettes sous mon museau et cria :
– Vous aussi, vous êtes inscrit au programme « *L'âme sœur* » ? Comme c'est émouvant !

Puis elle chicota, malicieuse :
– Je suis Rattarelle Sucrerat, accepteriez-vous d'être mon cavalier ?
Je n'osai pas refuser (je suis un type, *enfin une souris* bien élevée).
Elle m'entraîna sur le pont, où devait se dérouler le programme « *L'âme sœur* » (mais qui m'y avait inscrit, hein, je me le demande ?).
Amédée Amadour, le responsable du programme, arriva. D'un air solennel, il épingla au revers de mon veston un petit cœur doré où étaient gravés les mots : **Je participe au programme** « *L'âme sœur* » !
J'avais tellement honte que j'étais rouge comme une pivoine !
Dès qu'Amédée eut le dos tourné, j'arrachai le petit cœur et le fourrai au fond de ma poche.
Le stage commença alors.
– Vous allez à présent suivre un cours de valse, en habit de soirée, cela va de soi ! annonça

l'instructeur, **Brillantin Briand**, un affreux rongeur aux moustaches frisées, avec un gardénia de plastique à la boutonnière et une moumoute luisante de brillantine. Il s'était parfumé avec un **ATROCE** après-rasage au gorgonzola. Il s'aperçut que je n'avais pas le petit c♥ur et il m'en épingla un autre sur la veste. Grrr !
Puis la leçon démarra.

C'est ainsi que, affublé d'un **FRAC**, je dus danser la valse (au moment le plus chaud de la journée, entre treize et quatorze heures). Avec qui ? Avec Rattarelle Sucrerat, bien sûr, la souris aux violettes ! Elle avait déjà changé de robe.
Tout en dansant, histoire de lui faire un brin de causette, je lui demandai quel était son métier. Elle me répondit, horrifiée :
– Ah non, ah non, monsieur Stilton ! Moi, je ne travaille pas ! Une jeune personne comme il faut ne s'adonne qu'à des occupations qui conviennent à son tempérament *romantique*. J'ai une âme délicate, moi. Je passe mes journées à peindre des tableaux, à écrire des poésies, à cultiver des roses et des violettes, À BRODER AU POINT DE CROIX...
Amédée Amadour s'aperçut que, une fois de plus, j'avais enlevé le petit cœur et il m'en épingla un autre au revers du veston.
– Vous l'avez encore perdu, petit écervelé ? Attention, la prochaine fois, je vous l'accroche à l'oreille ! me prévint-il en plaisantant.

DANSE, GERONIMO, ÇA NE PEUT PAS TE FAIRE DE MAL !

C'est à ce moment que passa le dernier rongeur que j'aurais voulu voir dans ces circonstances : mon cousin Traquenard.

Il gloussa.

– Félicitations, cousin ! Tu te donnes à fond, à ce que je vois… Danse, danse, ça ne peut pas te faire de mal ! Comme ça, quand nous rentrerons à Sourisia, tu pourras trouver ton âme sœur ! À moins que tu ne l'aies déjà trouvée sur le bateau…

– et il me fit un clin d'œil d'un petit air rusé, en désignant Rattarelle du menton. Puis il me chuchota à l'oreille : Tu sais qui c'est ? C'est Rattarelle Sucrerat, la fille du roi des chocolats fondants au fromage ! Il n'y a pas plus riche que cette héritière-là ! Vise un peu les BIJOUX ! Allez, Geronimo, ne la laisse pas échapper, hein ? Elle a un faible pour toi, ça crève les yeux… J'en suis sûr, j'en mettrais ma patte au feu…

Je répondis entre mes dents :

– Je me moque comme de mon premier poil de moustache de la fortune de son père ! C'est moi, et moi seul, qui choisirai ma fiancée !

Il ricana :

– Allez, ne fais pas la fine bouche…

Puis mon cousin s'inclina galamment devant Rattarelle :

– M'accorderez-vous cette danse, mademoiselle ?

Elle accepta en minaudant.

Tandis qu'ils PIROUETTAIENT sur le pont, j'entendis Traquenard murmurer :
– Ne le laissez pas échapper, Geronimo est un célibataire en or… un rongeur comme il faut… Il ne pense qu'à son travail… mais il est un peu timide… Vous devez l'encourager… insister… Invitez-le à danser, ça ne peut pas lui faire de mal…
J'en avais les moustaches qui se tortillaient de rage : mon cousin ne pouvait-il pas s'occuper de ses oignons ?
Rattarelle revint vers moi en *papillonnant*.

– YOU-HOUUUUUUU !!! Me revoici, monsieur Geronimo ! Ne soyez pas jaloux, votre cousin n'est pas du tout mon genre. Moi, je préfère les rongeurs intellectuels, comme vous. Mais monsieur Traquenard a tout de même été gentil de vous inscrire au programme « *L'âme soeur* »…

Je m'en mordis la queue de rage.

C'était donc lui qui m'avait inscrit ! J'aurais dû m'en douter !!!

L'après-midi s'écoula avec une lenteur exaspérante. Je participai à un *« Cours accéléré de bonnes manières » (1)*. Puis au stage *« Dites-le avec des fleurs : le langage secret des bouquets de fleurs » (2)*. Puis à *« Comment faire le baise-patte avec classe » (3)*.

3

Ensuite à « *Comment écrire une lettre d'amour vraiment romantique » (4)*, et à « *Comment jouer la sérénade sous le balcon de votre belle » (5)*.

Pour finir, j'eus même droit à un cours de tango. Le professeur était un rongeur odieux, un certain **TANGUERITO ENSORCELITO, DIT EL CALIENTE**, un rat au regard de beau ténébreux qui paradait devant toutes les demoiselles inscrites au cours.

Il avait des moustaches frisées, **un pelage luisant de gel** et il frappait des talons en hurlant « Olé », une rose entre les dents...
L'orchestre ne jouait qu'une seule et unique chanson :

Si tu ne peux vivre à côté
De ton rongeur bien-aimé,
Aime donc la souris
Près de toi qui te sourit... olé !

TANGUERITO ENSORCELITO, DIT EL CALIENTE

Lorsque je regagnai ma cabine, il était sept heures du soir. Je n'en pouvais plus. J'aurais bien pris la fuite, mais pas moyen de s'échapper d'un navire en pleine mer !

UNE HALEINE PARFUMÉE À L'OIGNON

Un dîner plus que sinistre m'attendait : trois rondelles de carotte (crues), un petit pois bouilli (sans sel), une crevette (à la vapeur), un verre de jus d'oignon.
Le capitaine, NAUTILUS NAUTILORAT, s'approcha de moi et me murmura à l'oreille :
– Cher monsieur Stilton, je vous ai vu danser la valse avec mademoiselle Rattarelle (ah, la jeunesse) et, sur le conseil de votre cousin, j'ai pensé que vous apprécieriez qu'on vous place à la même table qu'elle... une table romantique, rien que pour vous deux !
Je le remerciai en serrant les dents.
Je vis que Traquenard ricanait.

Téa me fit un clin d'œil.

Benjamin me sourit, tout ému, et dit tout bas :

– Dis-moi, oncle Geronimo, tu vas l'épouser ? Je dois l'appeler tante Rattarelle ?

– Non ! couinai-je d'un ton ferme.

Rattarelle fit son entrée (elle s'était encore changée).

Je bus le jus d'oignon cul sec et espérai que mon haleine puante éloignerait Rattarelle, mais ce ne fut pas suffisant !

DE L'HUILE DE RICIN AU GORGONZOLA

Le lendemain, je déclarai que j'étais malade et restai enfermé dans ma cabine.

Mais bientôt, on frappa à la porte. Un frisson fit se **hérisser mon pelage**.

Et si c'était...

Oui, c'était elle, Rattarelle !

Et elle portait encore une nouvelle robe !!!

– YOU-HOUUUUUUUUUUU !!! Monsieur Geronimo, j'ai entendu que vous ne vous sentiez pas bien, je vous ai apporté un merveilleux recueil de poèmes, je vais vous les lire !

J'essayai de refuser poliment :

– Euh, merci, mais vraiment...

Elle posa une patte sur mon front.

– Oh, mais vous savez, vous n'avez pas de température ! Je m'y connais en maladies, j'ai suivi des cours de secourisme... Allez ! Vous allez m'avaler un SIROP qui est souverain pour tous les bobos.

Aussitôt, elle sortit de son sac une bouteille et une petite cuillère.

– Voilà...

Je n'eus pas le temps de dire non qu'elle brandissait déjà sous mon museau la petite cuillère pleine d'un liquide NAUSÉABOND qui sentait l'huile de ricin.

– Mais on dirait de l'huile de ricin !

– En effet, c'est de l'huile de ricin... aromatisée au gorgonzola !!! dit-elle d'une voix stridente et satisfaite. Vous allez voir, une bonne purge vous fera du bien... Allez, ouvrez la bouche !

J'ouvris la bouche pour dire que *je ne voulais pas boire ça*, mais elle en profita pour y enfourner la petite cuillère.

– Gloubbbb !

Heureusement, j'arrivai à la convaincre de me laisser seul. Une heure s'écoula... et j'entendis un drôle de gargouillis.

Burb... Brouic... glourgnnn... BURPGGH... J'avais l'impression d'avoir un volcan dans le ventre. Horreur, l'huile de ricin commençait à faire son effet.

Et là, oui, j'étais mal, *vraiment mal* !

TOUS CES COMMÉRAGES…

Je suis une souris bien élevée et je ne vous dirai pas où je passai les heures qui suivirent, mais vous pouvez, hélas, l'imaginer !
À sept heures du soir, Rattarelle frappa à la porte.
– YOU-HOUUUUUUUUUU !!! Monsieur Geronimo ! C'est Rattarelle… Comment allez-vous ? Mon médicament a fait de l'effet ?
– Si ça a fait de l'effet ? Plutôt, oui ! marmonnai-je entre mes dents. Ce soir, je n'irai pas au restaurant, je ferai servir mon repas dans ma cabine.
Elle partit.
Je me *réjouissais* déjà à l'idée d'un bon petit repas bien tranquille dans ma cabine, tout seul, à regarder la télévision en *zappant*, à relire un de mes livres préférés…

Mais, à huit heures, Rattarelle frappa de nouveau à ma porte.
– Vous n'allez tout de même pas manger tout seul devant votre télé et vos livres… Ce serait trop triste ! Mais ne vous inquiétez pas, je vous ai apporté un plateau-repas, et nous allons dîner ensemble. Vous me raconterez tout, je veux tout savoir de vous, comme ça, nous ferons plus ample connaissance ! Alors, content ?
– Non ! Enfin, euh, oui, c'est-à-dire non, merci, mais ce n'est pas la peine que vous vous dérangiez !
Je cherchai FRÉNÉTIQUEMENT un moyen de me débarrasser d'elle.
Enfin, en désespoir de cause, je lui dis :
– Euh, je me sens beaucoup mieux d'un coup, je crois que je vais pouvoir aller dîner dans la salle à manger !
Elle s'exclama, folle de joie :

– Vous vous sentez mieux ? Voilà une bonne nouvelle ! Peut-être… est-ce ma présence qui a eu un effet bénéfique ? ajouta-t-elle dans un murmure, d'un ton

malicieux.

Elle poursuivit :

– Si vous entendiez tous ces commérages sur nous, monsieur Geronimo… Les autres passagers ont commencé à jaser, vous savez. Ils disent que nous sommes vraiment un beau couple…

J'étais de plus en plus inquiet.

– Quoi quoi quoi ? Des commérages ? Ils jasent ? Un couple ? Euh… vraiment, je…

Elle couina :

– Bon, je vous attends dans le salon, à notre table ! Je vais rassurer votre sœur Téa, elle a tellement insisté pour que je m'occupe de vous, monsieur Geronimo… Elle dit que, dans votre vie, il manque une petite *touche féminine*…

J'EN AI DÉJÀ MARIÉ PLEIN, VOUS SAVEZ !

Tout penaud (je n'avais aucune envie de dîner avec Rattarelle), je me traînai jusqu'à la salle à manger.

Rattarelle m'attendait déjà, en robe de soirée.

Elle me salua *gracieusement* de la patte en me voyant arriver.

– YOU-HOUUUUUUUUUUUUUU !!!

Monsieur Geronimo, je suis là, je vous attendais !

Tout le monde se retourna pour nous regarder en souriant. Les commérages allaient bon train :

– Tu as vu ces deux-là ?

– Oh, comme c'est romantique !

– Comme ils sont mignons, comme ils ont l'air amoureux...

Tout le monde se retourna pour nous regarder en souriant…

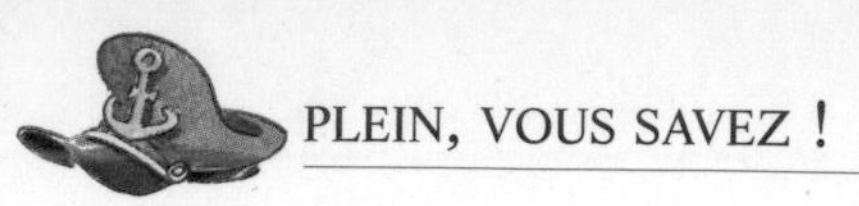

– Il est tellement intellectuel (il dirige *l'Écho du rongeur*)…
– Elle est si riche (son père est propriétaire de la chocolaterie Sucrerat)…
– Ils se sont rencontrés au programme « *L'âme sœur* »…
– Il paraît qu'ils vont se marier ici, sur le navire…
– Le commandant a le droit de les marier…
Mes oreilles se dressèrent. Me marier ? Sur le bateau ?
Je me retournai vers le commandant. Il me fit un clin d'ŒIL, d'un air complice. Puis il s'approcha de moi et me dit tout bas d'un ton solennel, en se lissant les moustaches :

NAUTILUS NAUTILORAT

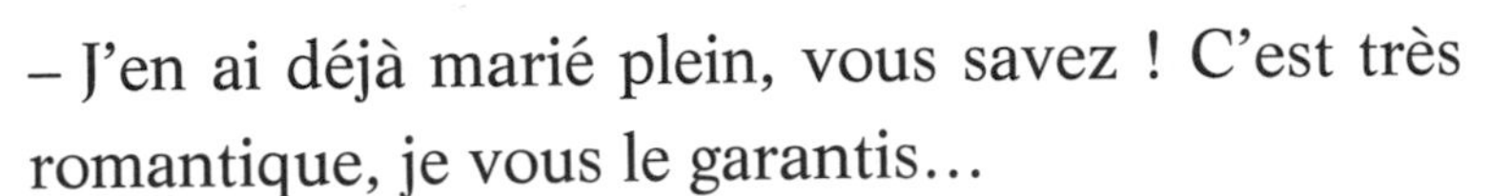

– J'en ai déjà marié plein, vous savez ! C'est très romantique, je vous le garantis…

Je devins rouge comme une pivoine et balbutiai :

– *Me marier* ??? Euh, non merci, par pitié, absolument pas, merci quand même, il n'en est pas question, merci pour tout, mais moi vivant, jamais !

Rattarelle et Geronimo

HONORÉ TOURNEBOULÉ, ALIAS PANZER

Un garçon s'approcha et me tendit un téléphone.
– Un appel pour vous, monsieur Geronimo ! C'est votre grand-père ! Puis, chuchotant : Félicitations. C'est pour quand, les noces ?

Je le fixai, interdit.

– JAMAIS ! hurlai-je.

Tout le monde s'arrêta pour me regarder.

Je balbutiai, essayant de me donner une contenance :

– Euh, jamais… mon grand-père ne me téléphone *jamais* à une heure décente… Il appelle toujours à l'heure des repas…

Honoré Tourneboulé

Je pris le combiné et entendis la voix de mon grand-père, **Honoré Tourneboulé,** alias **Panzer**.

– Alors, gamin ! Tu t'es enfin décidé à fairc quelque chose de bien !

Je bredouillai :

– Pardonne-moi, grand-père, mais je ne comprends pas...

Il jubilait, hypercontent :

– Allez, ne fais pas le modeste... Je sais que tu as HARPONNÉ le cœur d'une héritière de premier choix, la fille de Soucreris Sucrerat, le roi des chocolats au fromage... bravo, gamin ! Je connais bien Soucreris, nous faisons partie du même cercle très exclusif à Sourisia, le club S.P.E.R. (Souris puissantes et riches). Il a dit qu'il était d'accord, il aime l'idée d'avoir un intellectuel dans la famille.

Je commençai (hélas) à comprendre.

– Grand-père ! Tu veux dire que tu as déjà parlé au père de Rattarelle ?

– Évidemment ! Ah, si je n'étais pas là pour m'occuper de tout… Bon, je t'ai déjà pris un rendez-vous avec Soucreris. Dès ton retour, tu files lui demander la PATTE de sa fille. La cérémonie sera à sa charge, il veut faire les choses en grand, environ deux mille à deux mille cinq cents invités (peut-être trois mille),

dîner dans leur château privé, gâteau de mariage de trois mètres de large et cinq de haut, jet privé pour votre voyage de noces…
Rien qu'à l'idée du gâteau, j'en avais des **frissons**…
Rattarelle s'en aperçut et murmura :
– Mais comme vous êtes pâle, monsieur Geronimo ! Vous ne vous sentez pas bien ?
J'essayai de sourire.
En même temps, je **bafouillai** :
– Attends, grand-père, attends, il faut que je t'explique…
Il coupa court :
– Gamin, ne me déçois pas ! Attention, je prends cela à cœur, hein ! Pour une fois que tu fais quelque chose de bien… Bon, je vais raccrocher, parce que le téléphone, ce n'est pas gratuit !
Et il me raccrocha au museau.

LA VALSE DES MIMOLETTES

Le commandant demanda alors le silence et annonça :

– Et maintenant, je propose que le bal soit ouvert par le plus beau couple, le couple le plus *romantique* de cette croisière : monsieur Geronimo Stilton (le célèbre éditeur) et mademoiselle Rattarelle Sucrerat (la richissime héritière) ! Je vous demande de les applaudir bien fort !

Les rongeurs applaudirent à tout rompre.

Je vis que *Benjamin* écrasait une larme et je voulus lui dire : *ne sois pas ému, je te jure qu'il n'y a vraiment aucune raison !*

Téa hochait la tête, satisfaite, l'air de penser : *enfin, mon frère se case.*

Traquenard, lui, ricanait sous ses moustaches, *parce qu'il avait très bien compris que je n'avais rien à faire de Rattarelle !*

Celle-ci essuya une larme avec un

petit mouchoir brodé

imprégné d'un parfum de camembert très raffiné.

Brillantin Briand me souffla dans une oreille :

– Stilton, invitez donc mademoiselle Rattarelle à danser ! Allez, ne soyez pas timide ! Avec toutes les leçons de valse que vous avez prises (sans parler des cours de tango)...

Je murmurai, à contrecœur :

– Bon, d'accord...

Je m'inclinai devant Rattarelle et couinai :

– Euh, m'accorderiez-vous cette danse, chère mademoiselle ?

– **OOOOH** oui, avec plaisir, monsieur Geronimo !

Les musiciens commencèrent à jouer une musique romantique, la *Valse des mimolettes*, et nous

L'orchestre commença à jouer la Valse des mimolettes*…*

TOURNOYÂMES sur la piste de danse, sous les applaudissements de tous les rongeurs.
Pendant ce temps, Rattarelle me chuchotait à l'oreille :
– Vous aimez les familles nombreuses, monsieur Geronimo ? Moi, j'adore ça. Je serai une mère parfaite, vous savez. (Et même une épouse parfaite, tout le monde me le dit !!!)
J'étais **cramoisi** et ne savais plus quoi faire ! Je retournai à la table, très embêté.
Benjamin me fit un clin d'œil et me passa, sous la table, un paquet de chips goût fromage.
– Tiens, oncle Geronimo, c'est pour toi ! Mais fais attention que personne ne te découvre...
Je lui fis un clin d'œil en retour et glissai le paquet sous le gilet de mon habit de soirée. Ah, Benjamin est vraiment mon neveu préféré... *Lui, au moins, il m'aime !*

À S'EN LÉCHER LES MOUSTACHES !!!

Quand Rattarelle s'assit à côté de moi, je m'éclaircis la voix : j'allais lui dire que j'en avais assez de cette histoire... et que je voulais qu'on me laisse tranquille !
Mais elle me prit au dépourvu en me demandant, avec un sourire mielleux :
– Monsieur Geronimo, savez-vous que vous êtes vraiment un rongeur charmeur ?
Je balbutiai, embarrassé :
– Euh, eh bien, merci, c'est trop aimable...
Derrière moi, j'entendis une voix qui murmurait :
– Elle l'a bien regardé ?
Je me retournai : c'était mon cousin Traquenard !
Il ricana :

– Alors, comment vont les tourtereaux ? C'est pour quand, les noces ? Eh, attention, je tiens à être le témoin, hein !

J'essayai de le faire taire :

– **Chuuuuut !**

Mais il insistait :

– Tu as déjà pensé aux dragées ? J'espère qu'il y en aura au fromage. J'adore les dragées…

J'étais de plus en plus irrité :

– Ça suffit, je t'en prie…

Il poursuivit, en me pinçant la queue :

– Et le MENU, hein ? Tu as réfléchi au menu du vin d'honneur ? Moi, je crois qu'il vaut mieux la jouer classique :

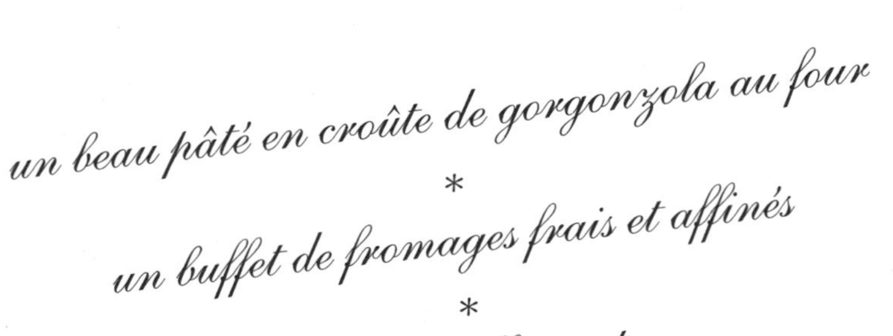

un beau pâté en croûte de gorgonzola au four

*

un buffet de fromages frais et affinés

*

et naturellement

un gâteau de mariage meringué au fromage blanc…

À s'en lécher les moustaches !!! J'adore les mariages, on se goinfre **gratis**...
Je répétai, de plus en plus nerveux :
– Arrête de parler de ce mariage, je t'en prie...
Traquenard joua à l'ingénu et ricana de nouveau :
– Geromini, pourquoi pâlis-tu comme ça dès qu'on parle *d'amour*... Pourquoi pâlis-tu de plus belle quand on parle de *fiançailles*... Pourquoi blêmis-tu quand on prononce le mot *cérémonie*... et pourquoi deviens-tu vert de rage quand tu entends le mot *mariage* ?

MINCE ALORS, QUEL RUBIS…

C'est alors que ma sœur Téa fit son entrée dans la conversation, tout **excitée** :

– Alors frérot, tu te décides ? Je suis pressée que tu te maries. Imagine un peu le beau reportage photographique que je pourrais faire, les ventes de *l'Écho du rongeur* vont s'envoler, je vois déjà le titre :

« Geronimo Stilton épouse la fille du roi du chocolat, fête éblouissante au château des Sucrerat, reportage exclusif de Téa Stilton... »

Préviens-moi quand tu te seras décidé, pour que j'aie le temps de me faire faire une nouvelle tenue ! Je pensais à une robe longue de mousseline rose fuschia, avec des bandes de **fourrure** de chat (synthétique), c'est la dernière mode…

Benjamin me tira par la manche, très **ému**.

– Tonton, je pourrai être ton garçon d'honneur ?

J'étais désespéré. Je ne savais plus quoi faire !

Rattarelle me proposa alors :

– Monsieur Geronimo, accepteriez-vous de m'accompagner sur le pont pour une promenade romantique au clair de lune ?

Je hurlai, exaspéré :

IL NE MANQUERAIT PLUS QUE ÇA !

Tout le monde se retourna.
J'entendis de nouveaux commentaires :
– Leur première dispute...
– Dommage, un si beau couple...
– Ah, l'amour...
– Il paraît que, avant le départ déjà, il était malade, très malade...
– C'est sa famille qui lui a sauvé la vie, en le forçant à partir...
– Ah, la DÉPRESSION NERVEUSE, ça ne pardonne pas...
– Eh oui, ces souris intellectuelles sont toutes très fragiles des nerfs...
Rouge de honte, j'essayai de faire bonne figure.
J'offris mon bras à Rattarelle et nous sortîmes ensemble sur le pont, pendant que tous les rongeurs nous observaient, rongés par la curiosité.
J'entendis encore des commentaires de la part des passagers :
– Ils se sont déjà réconciliés...

– Il paraît qu'il a souvent ces sautes d'humeur...
– C'est sûr, elle fait preuve d'une grande patience...
Au moment de franchir le seuil, je TRÉBUCHAI et m'étalai de tout mon long. Dans ma chute, le paquet de chips glissa de sous mon gilet. Je me dépêchai de le ramasser... mais une SURPRISE tomba du paquet.
C'était une bague en métal doré avec une énorme PIERRE rouge en toc.
Je l'attrapai et allai la fourrer dans ma poche, mais, pendant une seconde, un rayon de lune vint l'éclairer... et Rattarelle la vit.
D'un air extasié, elle me l'arracha de la patte en hurlant :
– Oh, Geronimo ! Geronimo ! Geronimo ! Une bague ! Mais alors, nous sommes officiellement *fiancés* !
Le hasard (une malchance féline plutôt) voulut que, au même moment, le photographe du bateau

qui passait par là nous prît en photo par surprise. Voici le résultat :

Le photographe couina :

– FÉLICITATIONS POUR VOS FIANÇAILLES !!!

En une fraction de seconde, je compris l'horrible malentendu.

– Euh, eh bien, je n'avais pas l'intention, je ne voulais absolument pas, enfin, euh, vraiment, la bague, c'est-à-dire les chips, enfin, j'ai TRÉBU-CHÉ, quoi…

Mais Rattarelle s'était précipitée dans le salon pour montrer la bague à ses amies.

J'entendis les murmures des passagers :

– Mince alors, quel rubis…

– Il est énorme, il est si gros qu'on dirait du toc …

– Stilton tenait à marquer le coup, il paraît que son grand-père lui a conseillé de ne pas avoir l'air mesquin…

– Ah, *l'amour*…

J'étais pris au piège.

Comme une souris dans la gueule d'un chat.

Peut-être pire, même.

L'AMOUR, C'EST COMME LE FROMAGE

Je sortis prendre l'air pour rassembler mes idées.
Je fis quelques pas sur le pont et m'aperçus que la mer était très AGITÉE.
Le vent soufflait avec fureur, et de hautes vagues ridaient la surface de la mer sous la clarté de la lune.
Je compris que je ne me tirerais pas d'affaire tout seul : j'avais besoin d'aide.
J'avais besoin d'un bon *conseil*...
Je pris mon téléphone portable et composai le numéro de tante Toupie.
Connaissez-vous ma tante Toupie ? C'est une tante extraordinaire...
Mon cœur battait la chamade tandis que le téléphone sonnait une fois, deux fois, trois fois.
Il était tard.

Enfin j'entendis la voix de tante Toupie :
– Scouittt ! **Allô ! Allô ? Qui est à l'appareil ?**

– Tante Toupie ! C'est moi, Geronimo !

Elle fit entendre un bâillement ensommeillé.

– Geronimo ! Mon neveu chéri ! Comment vas-tu ? Tout se passe bien ?

– Oui, tante Toupie ! Enfin, euh, d'un certain côté, eh bien, je suis vraiment…

Elle comprit aussitôt que quelque chose n'allait pas.

– Geronimo, grand-père Honoré m'a dit que tu allais te marier !

Tante Toupie

Je ne résistai pas davantage et murmurai :
– Justement, ma tante, c'est pour ça que je te téléphone. J'ai besoin d'un conseil...
Tante Toupie était très inquiète.
– **MON CHER, MON TRÈS CHER NEVEU !** Dis-moi tout, je voudrais tant pouvoir t'aider ! Je t'aime beaucoup, tu sais...
En entendant ces mots si gentils, je me mis soudain à pleurer. Je sanglotai :
– Chère tante, tout le monde veut que je me marie, mais moi, je crois bien que je ne l'aime pas...
– Ah, Geronimo ! *L'amour* est une chose si importante, la seule qui donne un sens à la vie. L'amour est une fleur précieuse, mais rare, très rare ! J'ai eu beaucoup de chance, parce que, il y a vingt ans, j'ai rencontré ton **oncle Épilon** (ah, quelle souris merveilleuse !), que j'aime encore comme au premier jour...
Cher Geronimo, *l'amour, c'est comme le fromage* : s'il est de qualité, il s'améliore avec le temps !!!

Je demandai, hésitant :

– Mais comment puis-je savoir si je l'aime ou non, tante Toupie ?

Elle dit d'une voix douce :

– Tu verras, Geronimo, quand tu tomberas amoureux pour de bon, **TON CŒUR BATTRA TRÈS FORT,** et *tu entendras sonner les cloches !* Tu t'en apercevras, je te le promets, tu t'en apercevras vraiment !

Je ne comprenais pas.

– Les cloches ? De quelles cloches parles-tu ?

La communication était très mauvaise, mais j'entendis tante Toupie répéter :

– Mon cher neveu, quand tu rencontreras l'amour, tu le reconnaîtras tout de suite, et alors tu comprendras…

Je hurlai :

– Mais, tata, en attendant, j'ai un gros problème !

Je perçus sa voix, de plus en plus lointaine :

– *L'amour, c'est comme le fromage…*

SPLASH !

La communication fut brusquement interrompue, et j'éteignis mon téléphone.

Je m'appuyai au bastingage et regardai fixement les VAGUES.

Enfin j'avais pris ma décision.

Je me retournai pour rentrer dans la salle à manger, pour aller parler à Rattarelle…

… quand le bateau s'inclina sur le côté et qu'une vague balaya le pont.

J'essayai de m'agripper à la barrière, mais…

SWISSSSSSH !

Je glissai sur le bois mouillé et fus précipité par-dessus bord !

Splash !!!

… et je fus précipité par-dessus bord !

UNE SOURIS À LA MEEEER !!!

Je me retrouvai dans une mer glaciale et coulai à pic, alourdi par mes vêtements qui étaient gorgés d'eau.

Puis je remontai à la surface.

Terrorisé, je vis que le bateau s'éloignait sans moi, SCINTILLANT de toutes ses lumières dans la nuit noire.

– Au secours ! Au secouuuuuuurs ! Scouittttttt ! UNE SOURIS À LA MEEEER ! hurlai-je, mais personne ne m'entendit.

Pendant un instant, un instant terrible, je crus que je n'en réchapperais pas.

Puis je décidai de me battre.

Je commençai à nager…

L'ÎLE DES BANANES

Je nageai pendant un moment qui me parut une éternité, dans une eau aussi froide qu'un glaçon. LES VAGUES étaient de plus en plus hautes, et j'avais du mal à garder le museau hors de l'eau !

Pour me donner du courage, je ne cessai de me répéter :

– Ne jamais s'avouer vaincu... ne jamais s'avouer vaincu... ne jamais s'avouer vaincu...

Je nageai de toutes mes forces, jusqu'au moment où j'eus l'impression d'entrevoir une île dans l'obscurité.

Je nageai encore, avec mes dernières forces : enfin, épuisé, j'atteignis une plage.

L'aube commençait à pointer. Je traînai mes PATTES brisées de fatigue sur la plage, m'écroulai de tout mon long sur le sable et m'endormis.

Quand je revins à moi, le soleil était déjà haut dans le ciel.
Je regardai autour de moi : c'était une petite île de sable blanc, couverte de palmiers et de bananiers.
Je m'assis à l'ombre, épluchai une banane et, tout en prenant mon déjeuner, réfléchis à voix haute :
– À l'heure qu'il est, on a dû s'apercevoir de mon absence sur le bateau. On m'aura cherché et porté disparu…
Que devait penser ma famille ? Pendant un instant, j'eus les larmes aux yeux en songeant à Benjamin : « Comme il doit être malheureux ! »
Puis je décidai de ne pas me laisser aller.
– Ne jamais s'avouer vaincu ! répétai-je une nouvelle fois pour moi-même.
J'examinai les alentours : l'île était pleine de bananiers.
Je la baptisai : L'ÎLE DES BANANES.

MOLLUSQUES AU FOUR

Je décidai de me mettre au travail…

1. *Je cueillis des feuilles de bananier et les tressai pour faire le toit d'une cabane.*
2. *Je construisis une sorte de lit avec de nouvelles feuilles et des branches mortes.*
3. *En guise de table, je poussai à l'intérieur une grosse pierre de granit gris, et une autre pierre plus petite me servit de siège.*

Afin de reprendre des forces, je m'allongeai pour une petite sieste sur mon nouveau lit, puis mangeai une banane.

4. *Je ramassai des brindilles et en fis un tas devant ma cabane.*

5. *En me servant de mes lunettes comme d'une loupe, je concentrai les rayons du soleil sur une feuille sèche.*

6. *Il me fallut beaucoup, beaucoup de patience, mais enfin un mince filet de fumée s'éleva et... la feuille s'enflamma ! J'ajoutai d'autres brindilles, puis des branches de plus en*

plus grosses, jusqu'à ce que j'obtienne une belle flambée.

Puis je me dirigeai vers les récifs…

7. *J'allai chercher des mollusques sur les écueils. Je rapportai des moules et des bernicles, des huîtres et des bulots, ainsi que des crabes.*

8. *Je les déposai sur une pierre près du feu.*

9. *Quand ils furent cuits, je les mangeai.*

Miam miam, quel régal !

J'allai dormir sur mon lit de feuilles de bananier. Par la petite fenêtre de ma cabane, j'observai le ciel sans nuages et la mer qui brillait à la clarté de la lune.

Quand viendrait-on me sauver… et viendrait-on me sauver ?

Pendant un instant, mon *cœur* s'emplit de désespoir, puis je me répétai à haute voix pour mc donner du courage :

– *Ne jamais s'avouer vaincu… nc jamais s'avouer vaincu… ne jamais s'avouer vaincu…*

JE SUIS UNE SOURIS NAUFRAGÉE !!!

Un beau matin enfin (c'était trois mois plus tard), j'aperçus de la fumée à l'horizon.

– **AU SECOURS !**
JE SUIS ICI !

hurlai-je en agitant les pattes.

Je me précipitai vers mon feu, que je gardais toujours allumé, et y jetai un fagot de bois vert.

J'envoyai un **SOS** avec l'alphabet Morse, en faisant des signaux de fumée : trois fumées brèves, trois longues, trois brèves.

• • • — — — • • •

Peu à peu, le petit point à l'horizon devint de plus en plus net.

Bientôt, il fut assez proche pour que je comprenne que c'était un bateau. Un bateau énorme, plus gros encore que le *Couine Elirabeth* !

J'avais peur qu'il passe sans me remarquer, mais je vis qu'il changeait finalement de cap et se dirigeait vers mon île.

– Hourraaaaa ! Je suis sauvé ! couinai-je.

Une chaloupe fut mise à la mer et s'approcha lentement de l'île.

– Au secours ! Scouiiiiiiiiittttttttttttttt ! Je suis là, je suis une **souris naufragée** ! criai-je, d'une voix rauque d'émotion.

Je me jetai à l'eau pour rejoindre la chaloupe à la nage.

– *Merci* ! Merci de m'avoir sauvé la vie ! murmurai-je, les larmes aux yeux, en grimpant dans l'embarcation.

ALPHABET MORSE

A .—
B —...
C —.—.
D —..
E .
F ..—.
G ——.
H ....
I ..
J .———
K —.—
L .—..
M ——
N —.
O ———
P .——.
Q ——.—
R .—.
S ...
T —
U ..—
V ...—
W .——
X —..—
Y —.——
Z ——..

… mon nom est Stilton, Geronimo Stilton !

Enfin nous arrivâmes au bateau : c'était un CARGO, un navire de marchandises.

Le capitaine, un rat trapu à la barbe fournie, m'attendait sur le pont.

– Vous êtes un rongeur très chanceux !!! dit-il en me serrant énergiquement la PATTE.

Je répondis humblement :

– Merci, merci de m'avoir sauvé la vie, capitaine... Mon nom est Stilton, *Geronimo Stilton !*

JE T'AIME TANT, ONCLE GERONIMO…

Douze heures plus tard, épuisé mais heureux, j'étais de retour à Sourisia. Ma sœur Téa, Traquenard et Benjamin étaient venus m'accueillir au port.

– Alors, cousin ! On te croyait déjà transformé en BOUILLIE POUR CHAT ! chicota Traquenard. Et voilà qu'on te retrouve vivant et florissant. Allez, avoue-le, tu as fait exprès de disparaître pour aller te la couler douce sur cette PETITE ÎLE très trèèès exclusive… hé hé hééé !

Mais je m'aperçus qu'il essuyait une larme en cachette. Je sais qu'il m'aime bien, même s'il a horreur de montrer ses *sentiments*.

Téa m'embrassa énergiquement.

– Frérot, tu ne peux pas imaginer à quel point tu m'as manqué… Comme c'est bon de te revoir ! Quand nous nous sommes aperçus que tu avais disparu, ce fut un moment TERRIBLE…

Je reniflai, ému. Ma sœur fait toujours la dure, mais je sais que, dans le fond, elle m'aime beaucoup. Seulement, elle non plus, elle ne veut pas montrer ses *sentiments* !

Benjamin vint à ma rencontre en courant et m'embrassa très fort, comme s'il avait peur de me perdre de nouveau.

Je souris.

– Doucement, doucement, ma lichette de gruyère, je ne vais pas me sauver, tu sais !

– Oncle Geronimo ! Comme tu m'as manqué ! J'étais sûr que tu étais en vie... Tous les soirs, avant de m'endormir, je pensais à toi, et j'espérais, j'espérais très fort que tu allais revenir...

Benjamin sanglotait.

Lui, il n'avait pas peur de montrer ses sentiments ! Je le serrai contre moi, trop bouleversé pour pouvoir parler, et je pleurai moi aussi. Puis je lui donnai un *baiser* sur la pointe du museau.

Autour de nous se pressait une foule de journalistes, et les flashs de leurs appareils photo crépitaient.

– Monsieur Stilton ! Racontez-nous tout !

– Décrivez-nous votre île ! Comment avez-vous fait pour survivre ?

– Quel a été le pire moment ?
– C'est vrai que vous n'aviez que des bananes à manger ?
– Comment avez-vous fait pour vous passer de fromage ?
– Quels sont vos projets pour l'avenir ?
Je pris la patte de Benjamin dans les miennes et la pressai.
– Avant toute chose, je vais aller avec mon petit neveu manger une énorme, une fantastique glace au maroilles...
Nous allâmes chez le glacier, HASSAN LÉCHÉLÉ-BABINE, où nous prîmes deux cônes au maroilles couronnés d'une cerise confite.
– Ah, la glace... comme c'est bon ! Et la glace au fromage, c'est vraiment le top du top !

PIZZA À LA TRIPLE FONDUE

Ce soir-là, nous fûmes tous invités à dîner chez grand-père Honoré.

C'est PINA, sa fidèle gouvernante, qui avait préparé le repas.

– Monsieur Geronimo, vous avez vu le menu ?

Des lasagnes au maroilles, de la pizza à la triple fondue, du flan au gorgonzola, de la soupe de chaource et un camembert meringué… un festin à s'en lécher les moustaches, non ?
J'étais heureux, TRÈS HEUREUX.
Comme c'était bon d'avoir retrouvé ma famille ! Ma chère tante Toupie, grand-père Honoré…
– Alors, fiston, tu ne nous as pas encore raconté comment tu as fait pour survivre sur cette ÎLE DÉSERTE ! tonna mon grand-père.

– Oui, mon très cher neveu, raconte-nous tout... chicota tante Toupie, en me caressant les moustaches, *bouleversée*.
Je m'éclaircis la gorge et commençai mon récit :
– Euh, eh bien, la première chose que je fis, c'est de me construire une cabane en feuilles de bananier...
Traquenard m'interrompit, **curieux** :
– Et que mangeais-tu, cousin ? Hein ? Que mangeais-tu ?
Je soupirai :
– Des bananes, des bananes, encore et toujours des bananes... et des mollusques au four...
Tante Toupie murmura :
– **Pas de fromage ?** Pas même une petite lichette ? Oh, mon pauvre neveu, comme tu as dû souffrir !
Traquenard ricana :
– Mais non, ça lui a fait le plus grand bien ! Il a suivi gratuitement un régime amaigrissant : le *régime de bananes* !

J'allai protester, quand le **TÉLÉPHONE** sonna. C'était pour moi.

Bizarre ! Qui cela pouvait-il bien être ?

Je répondis :

– Allô ? Allô ? Ici Stilton, *Geronimo Stilton* !

À l'autre bout du fil, une petite voix *mielleuse* gazouilla :

– Geronimo ? C'est toi, Geronimo ???

Je sursautai.

C'était la voix de *Rattarelle Sucrerat*.

J'AI QUELQUE CHOSE À TE DIRE...

Je pris mon COURAGE à deux pattes et chicotai dans le téléphone :

– Rattarelle, j'ai quelque chose à te dire !

Elle murmura :

– Moi aussi, Geronimo, j'ai quelque chose à te dire...

Je pris une décision subite.

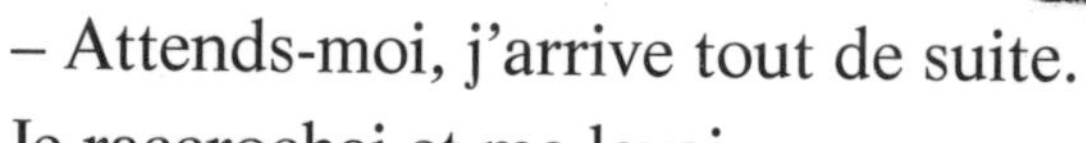

– Attends-moi, j'arrive tout de suite.

Je raccrochai et me levai

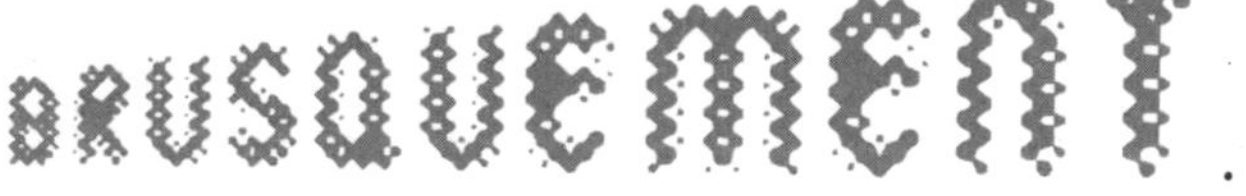

.

Je dis à ma famille :

– Je vous prie de m'excuser, mais il faut que j'aille rendre visite à Rattarelle !

Ils me regardèrent tous, stupéfaits, et voulurent me

RETENIR.

Traquenard essaya de me rattraper en criant :

– Geronimo, nous avons quelque chose à te dire…

Téa et tante Toupie crièrent en chœur :

– Oui, Geronimo, nous avons quelque chose à te dire…

J'étais déjà loin, mais j'entendis encore la voix de Benjamin qui criait :

– Oncle Geronimo ! Mon petit tonton ! Nous avons quelque chose à te dire, quelque chose de très très IMPORTANT !

PARDON, MAIS… QUEL RAPPORT AVEC LE TANGO ???

J'arrivai tout essoufflé chez Rattarelle, qui habitait une luxueuse villa dans le quartier le plus chic de Sourisia. Un majordome m'introduisit. Pendant que j'attendais dans un salon très élégant, bourré de meubles anciens et d'argenterie, je compris que je renonçais à un très bon, à un excellent parti.

Mais j'avais pris ma décision. Je devais absolument lui dire que je ne l'aimais pas, que je ne l'aimerais jamais…

Rattarelle entra et courut à ma rencontre en me lançant, d'un ton *mélodramatique* :

– Oh, Geronimo ! Tu es vivant ! Je te vois de mes yeux ! Si tu savais comme j'ai souffert quand j'ai

Oh, Geronimo ! Tu es vivant !

cru que tu avais disparu à jamais de ma vie... OH, j'ai tant souffert. OOOH, qu'est-ce que j'ai souffert ! OOOOOOH, j'ai souffert si fort !!!

Je murmurai (j'étais plutôt embarrassé) :

– Euh, je regrette, enfin, bon, voilà, je dirais que, oui, en effet, je suis bel et bien, définitivement vivant...

Elle chuchota, en essuyant une larme avec un mouchoir de dentelle :

– Geronimo, j'ai quelque chose à te dire...

J'essayai de la devancer :

– Euh, moi aussi, j'ai quelque chose à te dire !

Je voulais lui dire que j'étais une souris honnête, que je ne cherchais pas à lui faire de mal, mais que je ne l'aimais pas et que je ne pourrais jamais la rendre heureuse et que j'étais très très sincèrement désolé du malentendu qui s'était créé et

que... bref, que je n'avais pas l'intention de me marier avec elle !
Je réfléchissais à la façon la plus douce de lui signifier tout ça, afin de ne pas heurter ses sentiments. Perdu dans mes pensées, je n'écoutais pas Rattarelle qui, pendant ce temps, me disait quelque chose, MAIS QUOI ?
J'entendis quelques mots çà et là : « *triste... leçons... tango...* »
Je sortis de mes pensées et demandai, étonné :
– Pardon, mais... quel rapport avec le TANGO ?
Elle écrasa encore une grosse larme et répéta :
– J'étais si TRISTE quand tu as disparu... alors j'ai pris des leçons de tango... J'en ai pris beaucoup, plein de leçons de tango... le matin, l'après-midi, le soir...
Je demandai encore, de plus en plus étonné :
– Et alors ?
Elle poursuivit :
– Euh, eh bien, je... Elle sembla hésiter, puis elle

chicota sans reprendre son souffle : Eh bien, *j'ai épousé le professeur de tango !*

J'étais tellement saisi que je dus m'asseoir.

– Quoi quoi quoi ? Tu as épousé le professeur de tango **TANGUERITO ENSORCELITO, DIT EL CALIENTE** ?

Elle fit oui de la tête.

– Pardonne-moi, pardonne-moi, Geronimo, je me sentais si seule… Bouuuuh… Bouhhh… Sighhh !

C'est alors que je m'aperçus que, à l'annulaire de la patte gauche, elle portait une alliance.

Rattarelle s'était mariée !!!

– Je suis désolée, je suis sincèrement désolée, Geronimo, mais tout le monde disait qu'on ne te retrouverait jamais… et j'étais si triste… Je pleurais du matin au soir… Et le tango… tu comprends… le tango… et puis il y avait cette chanson… tu te rappelles ?

Elle chantonna :

– « *Si tu ne peux vivre à côté de ton rongeur bien-aimé, aime donc la souris près de toi qui te sourit...* »

Je ne comprenais absolument rien, mais je ne cessais de répéter :

– Je comprends, je comprends... Bien sûr, le **TANGO**...

Au même moment, je remarquai une photo dans un cadre d'argent : c'étaient Rattarelle et Tanguerito le jour de leur mariage.

Elle parut se réveiller et me demanda à son tour :

– À propos, que voulais-tu me dire ?

Je secouai la tête et souris.

– Rien. Mais sache que, de tout cœur, je te souhaite d'être *heureuse*... oui, j'espère que tu seras

heureuse, Rattarelle ! Rien n'est plus important que l'amour, l'amour est une fleur précieuse. *L'amour, c'est comme le fromage !!!*

Je me disais que la vie a parfois une drôle de façon d'arranger les choses.

Je sortis de la luxueuse villa des Sucrerat et téléphonai à Benjamin :

– Garde-moi au chaud une assiette de lasagnes, j'arrive !!!

Heureusement, cette horrible aventure était terminée. J'étais content que Rattarelle ait enfin trouvé *l'âme sœur*... Quant à moi, j'en avais terminé avec l'amour. Je ne voulais plus de complications !

Dehors, il pleuvait et je levai la patte pour héler un taxi.

– **TAXI** ! criai-je.

Mais, au même instant, j'entendis une voix féminine appeler :

– Taxi !

Que cette voix était douce !
Envoûté, je me retournai... et je découvris une petite souris charmante.
Je regardai fixement ses grands yeux violets et, soudain... soudain... soudain, je compris que j'étais amoureux fou !
Mes moustaches se TORTILLAIENT d'émotion, et je bredouillai :
– Permettez que je me présente, mademoiselle. Mon nom est Stilton, *Geronimo Stilton*...
Elle me tendit une petite patte douce, très douce.

Je m'inclinai et effectuai un parfait *baise-patte* (finalement, les leçons que j'avais suivies sur le bateau n'avaient pas été inutiles !).

Puis je chicotai :

– Je vous en prie...

Et je lui ouvris la portière du taxi.

Elle me sourit (oh, que ce sourire était **DOUX** !) et susurra :

– Oh, monsieur Stilton, comme vous êtes galant !

J'étais complètement désorienté.

Mon cœur **BATTAIT** très fort, et ma tête résonnait, oui, j'avais l'impression d'être complètement **SONNÉ** (comme si des cloches avaient sonné dans mes oreilles !!!).

Je me souvins alors des paroles de tante Toupie et, tout à coup, je compris. « Quand le *véritable amour* se présente, tu le reconnais tout de suite, parce que tu entends sonner les cloches ! »

Ah, l'amour...

Ah, l'amour...

Quand le véritable amour se présente...

TABLE DES MATIÈRES

DANS LA MÊME COLLECTION

1. Le Sourire de Mona Sourisa
2. Le Galion des chats pirates
3. Un sorbet aux mouches pour Monsieur le Comte
4. Le Mystérieux Manuscrit de Nostraratus
5. Un grand cappuccino pour Geronimo
6. Le Fantôme du métro
7. Mon nom est Stilton, Geronimo Stilton
8. Le Mystère de l'œil d'émeraude
9. Quatre Souris dans la Jungle-Noire
10. Bienvenue à Castel Radin
11. Bas les pattes, tête de reblochon !
12. L'amour, c'est comme le fromage...
13. Je tiens à mon pelage, moi !
14. Le Mystère de la pyramide de fromage

L'Écho du rongeur

1. Entrée
2. Imprimerie (où l'on imprime les livres et le journal)
3. Administration
4. Rédaction (où travaillent les rédacteurs, les maquettistes et les illustrateurs)
5. Bureau de Geronimo Stilton
6. Piste d'atterrissage pour hélicoptère

1
2
3
4
5
6
7
8
9
10
11
12
13
14
15
16
17
18
19
20
21
22
23
24
25
26
27
28
29
30
31
32
33
34
35
36
37
38
39
40
41
42
43
Fleuve Souris
Plage

Sourisia, la ville des Souris

1. Zone industrielle de Sourisia
2. Usine de fromages
3. Aéroport
4. Télévision et radio
5. Marché aux fromages
6. Marché aux poissons
7. Hôtel de ville
8. Château de Snobinailles
9. Sept collines de Sourisia
10. Gare
11. Centre commercial
12. Cinéma
13. Gymnase
14. Salle de concert
15. Place de la Pierre-qui-Chante
16. Théâtre Tortillon
17. Grand Hôtel
18. Hôpital
19. Jardin botanique
20. Bazar des Puces qui boitent
21. Parking
22. Musée d'art moderne
23. Université et bibliothèque
24. La Gazette du rat
25. L'Écho du rongeur
26. Maison de Traquenard
27. Quartier de la mode
28. Restaurant du Fromage d'Or
29. Centre pour la Protection de la mer et de l'environnement
30. Capitainerie du port
31. Stade
32. Terrain de golf
33. Piscine
34. Tennis
35. Parc d'attractions
36. Maison de Geronimo Stilton
37. Quartier des antiquaires
38. Librairie
39. Chantiers navals
40. Maison de Téa
41. Port
42. Phare
43. Statue de la liberté

Vers le détroit du Rapt-à-Rat
Galion des chats pirates
Île Corsaire
Île Tortue
Ici passent les baleines
Atoll des îles Bienheureuses
Barrière de corail
Baie des Dauphins
Golfe de la Dent cariée
Archipel d'Égout putr
Vers l'océan Ratonique méridional
Port-Relent
Rade du Chat errant
Port-Beurk
Roquefort
Vers la mer des Vibrisses vibrants
Ici, requins !
Port-Souris
SOURISIA
Port-Croûton
Phare Pelliculeux
Île Épilée
Épave affleurant
Vers la mer des Sourgasses
Île des Souris
N
S
1
2
3
4
5
6
7
8
9
10
11
12
13
14
15
16
17
18
19
20
21
22
23
24
25
26
27
28
29
30
31
32
33
34
35
36
37

Île des Souris

1. Grand Lac de glace
2. Pic de la Fourrure gelée
3. Pic du Tienvoiladéglaçons
4. Pic du Chteracontpacequilfaifroid
5. Sourikistan
6. Transourisie
7. Pic du Vampire
8. Volcan Souricifer
9. Lac de Soufre
10. Col du Chat Las
11. Pic du Putois
12. Forêt-Obscure
13. Vallée des Vampires vaniteux
14. Pic du Frisson
15. Col de la Ligne d'Ombre
16. Castel Radin
17. Parc national pour la défense de la nature
18. Las Ratayas Marinas
19. Forêt des Fossiles
20. Lac Lac
21. Lac Lac Lac
22. Lac Laclaclac
23. Roc Beaufort
24. Château de Moustimiaou
25. Vallée des Séquoias géants
26. Fontaine de Fondue
27. Marais sulfureux
28. Geyser
29. Vallée des Rats
30. Vallée Radégoûtante
31. Marais des Moustiques
32. Castel Comté
33. Désert du Souhara
34. Oasis du Chameau crachoteur
35. Pointe Cabochon
36. Jungle-Noire
37. Rio Mosquito

Au revoir, chers amis rongeurs, et à bientôt pour de nouvelles aventures.
Des aventures au poil, parole de Stilton, de...

Geronimo Stilton